SOCIÉTÉ DE GÉOGRAPHIE DE LILLE

LES

FOUILLES DE BULLA RÉGIA

PAR

le Docteur CARTON,

Médecin Aide-Major de 1re classe aux Hôpitaux de Tunisie,
Membre Correspondant de la Société de Géographie de Lille,
Membre de la Société géologique du Nord.

LILLE
IMPRIMERIE L. DANEL.
—
1890.

LES FOUILLES DE BULLA RÉGIA

Par le Docteur CARTON,

Médecin Aide-Major de 1re classe aux Hôpitaux de Tunisie,
Membre Correspondant de la Société de Géographie de Lille,
Membre de la Société géologique du Nord.

MESDAMES, MESSIEURS,

Avant d'aborder l'objet de cette causerie devant un auditoire dont j'ai appris, l'an dernier, à ne pas redouter l'accueil, je tiens à remercier M. Merchier de la complaisance avec laquelle il a renoncé à la parole. Je ne crains qu'une chose, c'est de vous avoir privé d'un de ces entretiens comme sait si bien les faire votre orateur favori, et dont l'agréable parole est si appréciée de tous les membres de notre Société, pour vous parler de sujets scientifiques, intéressants à la vérité, mais bien souvent arides.

Comme a bien voulu vous le dire notre honorable Président, son invitation à vous entretenir, faite à l'improviste, ne m'a guère laissé le temps de préparer mon sujet (1). Il faut vous attendre à ne trouver ni méthode, ni grande suite dans mes descriptions. J'ai choisi le seul sujet que je puisse traiter à brûle-pourpoint, sujet que je dois d'autant mieux posséder qu'il a été, toute cette année, ma constante préoccupation: les fouilles dans la *Nécropole de Bulla Regia*.

La ville romaine de Bulla Regia, qui compte une surface d'environ 3 kil. carrés et dont la population devait être de 30 à 40,000 âmes était située à 8 kil. au Nord du point où est actuellement Souk el Arba, non loin du fleuve la *Bagrada*. Bâtie sur les derniers contreforts des montagnes de la Khroumirie, elle dominait l'immense plaine qui a valu à l'Afrique son surnom d'un des greniers de Rome. C'est de même à cette situation qu'elle doit son nom, dérivé de celui de *Boll*, (πεδίον βούλλης de Procope) antique appellation de la fertile vallée qui se couvre encore de nos jours de si belles moissons. Quant à l'épithète de Regia, elle lui vient de ce que plusieurs de ces rois numides qui furent des rivaux de Carthage, la choisirent comme capitale.

Voici d'ailleurs, pour vous faire comprendre l'existence d'une si grande quantité de textes et de tombes, et la vaste surface de la nécro-

---

(1) Cette conférence a été faite à la Société en novembre 1889.

pole, un historique très succinct qui vous prouvera l'importance de Bulla Regia, importance qu'elle tirait surtout de la plaine où elle était située.

C'est, en effet, à plusieurs reprises que ce nom est cité chez les auteurs anciens.

Bien des siècles avant l'occupation des Romains qui ont peut être laissé déchoir l'agriculture ici comme en Italie, les « Grandes Plaines » étaient habitées par de nombreux cultivateurs, actifs et intelligents. Il est possible que beaucoup de ces travaux destinés à desservir des centres agricoles tels que citernes, aqueducs, etc., soient l'œuvre des anciens peuples, qui ont été tour à tour fournisseurs, puis fermiers de Carthage, et serfs de Rome.

En outre de sa fertilité, l'Afrique romaine était située d'une façon exceptionnelle, elle présentait un développement considérable de côtes, avec d'excellents ports pour les vaisseaux d'alors ; elle s'avançait vers la Sicile, de sorte que les peuples navigateurs de la Méditerranée ne pouvaient aller de Phénicie, d'Egypte, de Grèce en Gaule et surtout en Espagne et vers les colonnes d'Hercule sans passer en vue du sol africain. Aussi les Phéniciens ne tardèrent-ils pas à y faire d'abord de simples échanges commerciaux, puis à y établir des comptoirs.

Mais ceci est l'histoire de Carthage.

La plaine de Boll, nous disent les historiens, était convoitée, à cause de sa richesse, par les Carthaginois qui en devinrent les maîtres jusqu'aux guerres puniques. C'est dans les Grandes Plaines que Syphax et Asdrubal livrèrent combat à Scipion.

Puis, les rois numides, alliés de Rome, veulent profiter des dépouilles de Carthage affaiblie, et, malgré les conventions, Massinissa, sûr de l'impunité, s'empare de la plaine. Il avait, dans sa conquête, rencontré 70 villes fortes et châteaux. Ceci nous donne une idée de la densité de la population en ce point où, actuellement, il ne s'élève pas un village arabe.

Plus tard, avant les guerres numides, Hiarbas fait de Bulla Regia sa capitale où, sur l'ordre de Pompée, il est attaqué et tué par Bogud, un autre roi numide.

Deux siècles de tranquillité succèdent ensuite aux longs troubles de la conquête romaine. C'est alors que la ville atteint sa plus grande prospérité et la majeure partie des tombes rencontrées dans les fouilles datent de cette période.

Les monuments, dont de beaux vestiges ont résisté à l'action destructive du temps et des peuples nous en attestent la splendeur. Je vous en fais passer sous les yeux quelques photographies. Elles représentent l'amphithéâtre, où l'on voit encore, dans un vomitorium, des traces de fresques, le théâtre, les thermes qui s'élèvent encore à plus de 12ᵐ au-dessus du sol ancien, à 6ᵐ au-dessus du sol actuel, le nymphœum, d'où part un aqueduc créé tout récemment qui amène à Souk el Arba les eaux de la source, enfin, des blocs énormes, vestiges d'une grande forteresse. Je regrette de n'avoir pu mettre sous vos yeux une vue, qu'a publiée Guérin, de l'arc-de-triomphe, disparu depuis très peu de temps et si bien détruit par la main des Européens, qu'il m'a fallu de longues recherches pour arriver à en retrouver l'emplacement. Ce n'est pas sans tristesse qu'on voit renverser par des peuples civilisés des monuments que ni Vandales, ni Byzantins, ni Arabes n'avaient détruits. Je m'empresse d'ajouter que depuis l'organisation du Service des Antiquités en Tunisie, une surveillance est exercée, suffisante pour empêcher des dégâts aussi considérables.

Tissot, dans son ouvrage magistral sur la géographie de l'Afrique ancienne a fait, de la vue dont on jouit de Bulla Regia, une description magnifique. Combien son enthousiasme eût été plus grand si le célèbre archéologue avait pu contempler les Grandes Plaines à l'époque de la domination des premiers Empereurs romains, alors qu'une population animée allait et venait dans les rues de la ville blanche, dominée par les silhouettes grandioses de ses édifices, que l'immense vallée qui n'est maintenant qu'une mer de verdure au printemps, surface désolée en été, présentait, encadrés par les festons violacés de montagnes boisées, les taches verdoyantes de bosquets où se nichaient les villas et les fermes.

Car au milieu de ces terres fertiles habitaient de nombreux colons, qui se donnaient rendez-vous, les jours de fête, à Bulla Regia, où des édifices publics leur offraient distraction et plaisirs.

Peut-être vous intéressera-t-il de savoir comment le hasard vient quelquefois en aide dans les découvertes archéologiques. Au risque de vous entretenir de ma personne, je vais vous dire comment j'ai été appelé à diriger les fouilles de Bulla Regia.

En avril 1888, j'étais depuis deux mois, à Souk el Arba, où j'avais été envoyé brusquement de Métameur, alors le poste le plus voisin de la Tripolitaine. J'ai fait, l'an dernier, allusion devant vous à mes trouvailles et aux travaux que mes recherches en ces méridionales contrées m'avaient amené à entreprendre. Quand j'appris ma nomination a Souk el Arba, l'archéologue qui naissait en moi fut cruellement désappointé. Comment trouver quelque chose à glaner en un pays où des savants aussi célèbres, des chercheurs aussi érudits et sagaces que les Guérin, les Tissot, les Cagnat, les Letaille avaient passé, et où un de mes camarades de l'armée, le lieutenant Winkler s'était livré à de patientes recherches? Aussi, tout d'abord ne songeai-je pas à faire de l'archéologie, et celle-ci passa-t-elle au second rang. Jadis, j'errais

parmi les ruines, le fusil en bandoulière, oubliant le gibier que j'étais
parti avec l'intention de tuer, maintenant je marchais l'œil aux aguets
jetant à peine, par habitude, un regard sur les vestiges que je foulais
aux pieds.

N'importe, je revenais souvent sur les ruines de Bulla Regia, vou-
lant tout au moins les étudier à l'aide des travaux de mes prédécesseurs,
et poussé par ce je ne sais quoi qui fait toujours espérer en la capri-
cieuse Fortune.

J'étais, un jour, près des carrières qui avaient jadis fourni des maté-
riaux à Bulla Regia, et où puisent actuellement les entrepreneurs de
Souk el Arba. Nous profitons encore ici des efforts des anciens habitants de la cité antique. On n'a eu qu'à attaquer immédiatement la
pierre là où l'avaient abandonnée les carriers romains ; le front d'attaque
était tout avivé, et on n'a pas eu à fournir le travail souvent considérable d'enlèvement de la roche de surface.

Un jour donc, que j'errais aux environs, un ouvrier italien vint m'offrir de me montrer une inscription qu'il avait, disait-il, découverte dans
les champs. Je me mis à le suivre, pensant bien que le texte en question
avait déjà été lu et relu par nombre d'archéologues.

Nous arrivâmes donc auprès d'un buisson de faux jujubiers, et
l'homme, écartant les branches épineuses, me montra un bout de pierre,
assez informe, et sortant de quelques centimètres de terre, c'était le
bas d'une inscription funéraire, dont on ne voyait que la dernière ligne.
L'ouvrier italien parti, je me mis à fouiller dans les buissons de jujubiers voisins, et j'en sortis dans le piteux état dont on sort toujours de
pareilles broussailles, mais très heureux, j'avais trouvé deux autres
fragments de textes. Je revins les jours suivants avec mon ordonnance,
des pioches et des pelles, et nous nous mîmes activement à l'œuvre.
Bien des pierres qui paraissaient informes, et dont on ne voyait qu'un
angle, qu'une saillie à la surface des champs, étaient des monuments
funéraires, et j'appris peu à peu à reconnaître ceux-ci. Bref, au bout
de deux mois, j'étais en possession de 60 textes funéraires, dont les
deux tiers au moins complets, et tous inédits. N'ayant plus rien à
trouver à la surface, je voulus voir ce qu'il y avait au fond, et je me
mis à ouvrir quelques-unes des tombes dont j'avais relevé l'emplacement. Nous n'étions que deux pour faire ce travail pénible, et par les
fortes chaleurs de juin et juillet ; aussi avancions-nous peu en besogne.
Je fus assez heureux pour mettre à jour un mobilier funéraire assez
varié. Le rapport que j'adressai au Comité des Antiquités africaines,
la communication de mes trouvailles, que je fis à M. de la Blanchère,
Directeur du Service des Antiquités de la Tunisie, déterminèrent celui-
ci à m'offrir la direction des fouilles à exécuter dans la nécropole.

Voilà comment je parvins, durant le temps que durèrent les travaux, c'est-à-dire du 1er février au 1er octobre 1889, à trouver la grande quantité d'objets dont je vais vous faire une description très succincte.

Habituellement, on le sait, les tombes étaient, chez les Romains, alignées le long des voies, et Rome et Pompéi nous offrent de beaux exemples de cette disposition. Il n'en était pas tout à fait de même à Bulla Regia. Les monuments funéraires formaient deux îlots principaux groupés aux deux portes importantes de la ville.

Vous pouvez voir dans le dessin qu'a bien voulu me tracer en quelques heures mon ami M. Rafin, un spécimen de la plupart des monuments funéraires qu'on y rencontre.

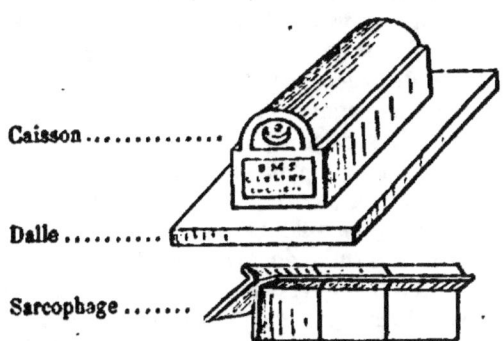

La forme la plus répandue est celle du caisson, qui se compose d'un prisme surmonté d'un demi-cylindre; l'inscription se lit sur un ou deux autels situés sur les côtés ou à l'extrémité du monument et surmontés des emblèmes dont il sera question plus loin.

Caisson............

Dalle.........

Sarcophage.......

Vient ensuite la stèle, pierre plate, arrondie à son extrémité, et présentant le texte sur une de ses faces.

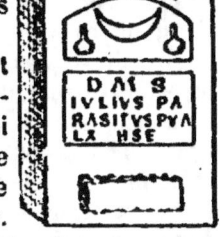

Le cippe est également assez fréquent, c'est une colonne carrée et courte, qui supporte l'inscription sur une de ses faces et sur les côtés de laquelle sont des ornements.

Les emblèmes qui surmontent les textes sont presque toujours les mêmes : le disque et le croissant. Ce dernier, de beaucoup plus fréquent, représente la déesse punique Tanit. Il est assez curieux de retrouver sur des monuments funéraires de gens qui parlaient latin et se disaient Romains, les traces d'une religion orientale.

On rencontre assez souvent ces emblèmes sur les tombes, en Afrique, mais rarement en aussi grande abondance qu'à Bulla Regia, d'où l'on peut conclure que la population de cette ville descendait en majeure partie des anciens possesseurs du sol.

De nombreux faits démontrent qu'au milieu de l'influence italienne, bien des indigènes, tout en empruntant à Rome ce que ses mœurs avaient d'apparent, conservaient les traditions et les coutumes de leurs ancêtres.

En dehors de la figuration de ces astres qu'on ne rencontre jamais sur les cippes, quelques personnages ont été sculptés dans la pierre, quelquefois debout, le plus souvent couchés sur un lit funèbre, et tenant à la main une coupe, une amphore ou un miroir.

Le total des textes, complets ou non, que j'ai rencontrés dans les fouilles est de 150, dont 60 l'ont été durant la première année, alors que mon ordonnance et moi piochions de concert. Ils présentent presque toujours, à la suite de la dédicace aux dieux mânes, les noms, prénoms et l'âge du défunt, accompagnés d'une pieuse épithète, et suivis du sigle terminal habituel. Les caissons et les cippes reposent sur de larges dalles, les stèles sont simplement plantées en terre. Au-dessous se trouve le sarcophage, à environ 1ᵐ de profondeur. Les grandes auges de pierre, si fréquentes ailleurs, sont rares ; souvent le sarcophage est formé par de larges tuiles de 30 à 40 cent. de côté, au nombre de 8, appuyées deux à deux, sur trois longueurs, en forme de toit, de façon à circonscrire avec le sol une cavité prismatique fermée à ses extrémités par deux autres tuiles. D'autres fois, ce sont tout simplement des débris de grandes jarres de plus de 1ᵐ de hauteur, que l'on a posés, la concavité regardant en bas, au-dessus du mobilier funéraire. Les tuiles présentent souvent des marques curieuses, des sillons parallèles, disposés en croix ou en cercle, que l'ouvrier pratiquait avec l'extrémité de ses doigts, j'ai trouvé, sur l'une d'entre elles, un dessin assez intéressant, dont je vous présente l'estampage, c'est le portrait d'une matrone romaine, que l'ouvrier, dans un moment de fantaisie, a gravé, à l'aide d'un poinçon, sur l'argile, avant la cuisson.

Le mobilier funéraire que l'on déposait dans ces sarcophages est assez uniforme, son type le plus général se compose d'une ou deux lampes funéraires, destinées à éclairer le défunt dans son voyage sur le sombre Achéron, d'une amphore renfermant le viatique nécessaire, et quelquefois d'un grand vase en terre ou en plomb, dans lequel on déposait les ossements.

A côté de ces récipients, les parents déposaient souvent quelques-uns des objets ayant servi au défunt durant sa vie, et la liste de ceux que j'ai rencontrés est longue.

Ce sont des vases de bronze ou d'albâtre, de longues aiguilles à coudre en bronze ou en os, des épingles en ivoire, des stylets, des miroirs d'airain (ceux-ci étaient nombreux, et trois d'entre eux avaient un couvercle en cuivre doré présentant des personnages en relief, le tout d'un beau travail), des fibules, ou grandes agrafes, des bagues, des serrures absolument semblables aux nôtres, des strigile, instruments servant de grattoir aux bains, des cuillers, des suspensions à chaînette de bronze, des vases en terre de forme très bizarre, figurant des oiseaux des chiens, des personnages, etc., etc.

Sur environ 500 lampes que j'ai trouvées, près de 300 avaient à leur partie supérieure, des sujets en relief représentant des scènes de chasse, de la mythologie, des jeux du cirque, etc., etc. Vous pouvez, d'après les photographies que je vous fais passer, et d'après les quelques spécimens et les moulages que j'ai apportés, vous faire une idée de ce genre d'objets.

Sur le fond de ces lampes, les potiers appliquaient le plus souvent leur estampille, et j'ai relevé plus de 70 noms différents de fabricants de poteries. C'est en grande partie à l'aide de ces marques que j'ai pu déterminer l'époque à laquelle remonte la nécropole que j'ai fouillée, et qui s'étend depuis le milieu du premier siècle jusque vers le commencement du troisième.

La cérémonie funèbre telle qu'elle était pratiquée à Bulla Regia présentait quelques particularités. Ainsi, le bûcher n'était pas dressé sur un emplacement spécial, mais au-dessus de la fosse. Quand la combustion était achevée, il s'écroulait au fond de celle-ci, seul, ou quelquefois avec les ossements à demi-incinérés. On en retirait alors les grosses poutres non brûlées, et on recueillait les ossements pour les mettre dans l'ossuaire. Sur le fond de la fosse on laissait donc un lit de charbon de bois, dont nous avons encore trouvé d'énormes morceaux, puis, sur ce charbon, on posait le mobilier funéraire, que l'on recouvrait des tuiles ou de la jarre. Par dessus le tout on déposait quelques grosses pierres, puis on jetait de la terre, et, avec elle, quelques pièces de monnaie destinées probablement à payer au nocher Charon le prix du passage dans sa barque. Un fait bizarre, c'est que les monnaies trouvées dans ces conditions, c'est-à-dire sur des tombes du IIe siècle, sont beaucoup plus anciennes : la majeure partie d'entre elles sont puniques ou numides, et elles présentent un degré très avancé, non pas d'oxydation, mais d'usure. Était-ce une tradition de garder ainsi pour les jeter sur les tombes quelques monnaies provenant des ancêtres, ou n'y avait-il là qu'une simple mesure d'économie destinée à utiliser pour cette cérémonie des monnaies n'ayant plus cours sur terre, et que les changeurs infernaux consentaient à accepter ?

Au-dessus du sarcophage on plaçait la dalle, puis le monument funéraire. Il était acheté le plus souvent tout fait chez le marbrier, qui avait chez lui un stock de ces pierres avec les emblèmes, les dédicaces toutes prêtes. On n'avait qu'à graver le nom, l'âge du sujet à la place laissée vacante et la stèle était livrée quelques instants après la commande. J'ai même rencontré plusieurs tombes sur lesquelles la hâte ou l'incurie des parents n'avaient pas permis qu'on prît soin d'inscrire le nom du défunt.

En dehors de ces monuments funéraires de petites dimensions, j'ai rencontré dans la nécropole quelques *columbariums* ou chambres funéraires avec niches pour y loger les urnes cinéraires, et les traces de nombreux mausolées prismatiques pareils à celui que vous voyez dans le dessin de M. Rafin et dont je fais circuler la photographie. Tous ces monuments, de forme très élégante, ont été exploités comme carrière et il n'en reste plus une pierre debout à Bulla Regia. Celui qui est figuré ici existe non loin de cette ville, chez les *Oulad Sidi bel Kassem*, auprès de l'antique *colonia Tuburnica*. Puisque je vous parle des tombes de Bulla Regia, j'ajouterai que j'en ai trouvé aussi quelques îlots situées très au-dessous des sépultures romaines, et par conséquent beaucoup plus anciennes, probablement puniques. Je n'ai pas eu le temps d'explorer suffisamment ce gisement pour me rendre compte de son étendue.

Enfin, il y a à 200ᵐ de Bulla Regia une colline littéralement couverte de dolmens, de menhirs, de cromlechs. Ces monuments ont aussi servi de sépultures, à en juger par les vases et les ossements que j'ai trouvés.

Bulla Regia est, vous le voyez, au point de vue archéologique, un des endroits intéressants de la Tunisie. Il est à regretter que les grands monuments de cette cité, jadis si belle, n'aient pas été mieux conservés, et je ne veux pas vous laisser sous l'impression des photographies que je vous ai fait passer. En voici d'autres qui vous montreront combien sont nombreux et splendides ces vestiges, que l'on rencontre un peu partout en Tunisie. Vous avez pu voir à l'Exposition les reproductions des temples de Dougga et de Sbeïtla, si habilement exécutées par M. Saladin. Mais l'architecture seule pourrait peut-être en Afrique supporter la comparaison avec les monuments d'Italie et de Grèce. En général, les monuments artistiques de moindres dimensions : mosaïques, statues, etc., n'ont pas la perfection que l'on est habitué à rencontrer de l'autre côté de la Méditerranée. Les mosaïques, souvent très curieuses, comme celle de Carthage, qui a été transportée à l'Exposition, n'ont pas une très grande finesse. Les statues, de dimensions colossales, ont presque toujours de la raideur dans l'attitude, de la rigidité dans le drapé. Il faut se hâter d'ajouter que celles-ci ont été le plus souvent faites dans un but qui n'était rien moins qu'artistique. Je n'en veux pour preuve que le fait suivant. On rencontre fréquemment des statues qui ont 2ᵐ, 2ᵐ,50 et 3ᵐ de hauteur, dans un excellent état de conservation. La plupart n'ont ni tête, ni cou, et à l'insertion de celui-ci on voit une cavité. Voici quelle en était la destination. Vous savez avec quelle rapidité, dans les derniers jours du monde romain, les empereurs se succédaient sur le trône. D'autre part, la flatterie était à l'ordre du jour dans toutes les villes des provinces romaines qui espéraient obtenir de cette façon de plus grands privilèges. Comme le règne de l'empereur à qui on voulait faire l'hommage d'une statue eût été souvent terminé avant l'achèvement de celle-ci, comme, d'autre part, une telle production d'effigies n'eût pas été sans coûter très cher, on imagina de faire de beaux corps, majestueux comme doit l'être celui d'un empereur, en ayant soin de ménager à la partie supérieure du thorax une cavité dans laquelle on fixait la tête du souverain. Celui-ci déchu, on n'avait qu'à commander chez le sculpteur un nouveau chef, ce qui était à la fois et plus expéditif et plus économique.

A côté de ces mouvements intéressant plus directement l'art, on en rencontre d'autres qui présentent le plus grand intérêt au point de vue scientifique, soit qu'ils permettent de relier entre eux des chaînons disjoints de l'histoire de l'Afrique, ou de faire concorder la topographie des ruines de l'Afrique actuelle avec les cartes de Peutinger et d'Antonin, soit enfin qu'ils nous révèlent un détail des mœurs de l'époque, ou qu'ils nous fassent part des souffrances et des joies des colons africains. Je veux parler des textes.

Je terminerai en vous lisant, à l'appui de mon dire, deux inscriptions qui ont été rencontrées dans le nord de la Tunisie.

La première est la reproduction de deux pétitions que les colons, soumis aux exactions des fermiers de l'empire, ont adressées à l'empereur Marc Aurèle, et du décret que rendit celui-ci à la suite de la seconde réclamation. Le texte était divisé en quatre colonnes, la première est illisible, voici ce qu'on lit sur la seconde :

« ... Ces abus (1) de pouvoir qu'il a commis (le procurateur) d'accord avec Allius Maximus notre adversaire, aussi bien qu'avec presque tous les conductores (fermiers), contrairement à la justice, et au détriment de tes revenus ; non-seulement il n'a point instruit notre affaire depuis tant d'années que nous l'en prions, que nous l'en supplions et que nous appuyons sur votre divine suscription ; mais encore, et en

_____

(1) Cette traduction est due à MM. Cagnat et Ferrique. V. *Revue archéologique*, février et mars 1881.

dernier lieu, il s'est fait le complice de ce même Allius Maximus si influent auprès de lui, au point d'envoyer des soldats dans le *Sallus Burilanus*; les uns parmi nous ont été par son ordre saisis et torturés, les autres ont été chargés de chaînes, quelques citoyens romains même ont été battus de verges et fustigés. Qu'avions-nous fait pour mériter ce châtiment? L'iniquité était accablante pour notre faiblesse, elle était manifeste, et pour implorer ta majesté, nous avions écrit une lettre indignée. Cette iniquité, César, est évidente, comme on peut facilement s'en convaincre... »

L'empereur fit, paraît-il, la sourde oreille à cette pétition, et les habitants du *Sallus Burilanus*, dont l'emplacement n'est pas éloigné de la gare de Souk el Khemis, lui adressèrent une seconde réclamation, reproduite dans la troisième colonne :

« Nous sommes obligés, dans notre infortune, de faire un nouvel appel à la divine providence ; nous te prions, très saint empereur, de nous secourir. Le chapitre de la loi d'Hadrien qui est transcrit plus haut a enlevé même aux procurateurs et, à plus forte raison, au *conductor* le droit d'augmenter, au détriment des colons, les redevances agraires, les prestations de journées de travail ou de bêtes de somme; que ce droit leur soit définitivement enlevé, et que, conformément aux actes de tes procurateurs déposés dans les archives du *tractus Karthaginiensis*, on ne puisse exiger de nous, par an, plus de deux corvées de labour, deux de sarclage, et deux de moisson, sans que ce fait puisse donner lieu à aucune discussion.... Nous ne sommes que d'humbles paysans qui gagnons notre vie par le travail de nos mains ; le *conductor*, au contraire, peut se concilier la faveur par d'abondantes largesses; nous sommes donc incapables de lutter avec lui devant les procurateurs, auxquels il est parfaitement connu, grâce aux contrats de fermage successivement signés avec eux. Prends pitié de nous et daigne ordonner, par un sacré rescrit, qu'on ne réclame pas de nous plus qu'il n'est stipulé dans la loi d'Hadrien et dans les actes de tes procurateurs, c'est-à-dire six corvées par an, afin que, grâce à l'intervention de ta majesté, les paysans qui sont nés et ont grandi sur tes *sallus* ne soient plus inquiétés par les *conductores* des domaines fiscaux. »

Voici quel fut le résultat de la seconde réclamation :

« L'empereur César M. Aurelius Commodus Antonius Augustus Sarmaticus Germanicus Maximinus à Lurius Lucullus et à l'intention des autres personnes.

Considérant les règlements déjà établis et mes propres institutions :

Les procurateurs auront soin que rien de contraire à la *forma perpetua* ne soit injustement exigé de vous.

(D'une autre main) J'ai écrit. J'ai vérifié.

Copie de la lettre du procurateur, chevalier romain ; Tussanius Aristo et Chrysantus à Andronicus. Conformément à la sacrée suscription de notre maître, le très saint empereur, qu'en réponse à son *libellus*, Lurius Lucullus.....

(D'une autre main).... Nous te souhaitons tout le bonheur possible. Salut. Fait la veille des ides de septembre, à Carthage.

Heureusement achevée et dédiée aux ides de mai, sous le consulat d'Auréliamus et de Cornélianus; par les soins de C. Julius.... Salaputis, magister. »

Voici maintenant l'autre inscription, non moins célèbre que la première, elle est gravée en trente vers, je crois, assez barbares d'ailleurs, au-dessus de l'entrée d'un mausolée semblable à celui dont je vous ai déjà parlé. Elle nous apprend que ce défunt fut d'abord simple journalier, toujours le premier au travail et laissant derrière lui la troupe nombreuse de ses compagnons, il a fait 12 moissons sous un soleil torride. Devenu chef ouvrier, il a conduit pendant 11 autres années des bataillons de travailleurs et moissonné les champs numides. Grâce à son travail et à son épargne, il est devenu propriétaire lui-même. Il a eu sa maison, sa villa, et sa maison n'a manqué de rien. Il a eu même sa part dans la moisson des honneurs. Il a été inscrit parmi les notables ; il a été appelé par le sénat de son pays à siéger dans la curie, l'humble paysan est devenu quinquennal. Il a eu une nombreuse postérité en récompense de ses bonnes actions ; il a vécu de longues années sans que la malignité ait pu surprendre une défaillance dans sa vie. Apprenez, mortels, à vivre sans reproche, voilà la mort que mérite celui qui a ainsi vécu.

Je ne saurais mieux faire que de terminer cette causerie par un texte aussi édifiant. Vous voyez que si l'administration n'était pas toujours parfaite dans la province d'Afrique, cela n'empêchait pas qu'il y eût des gens honnêtes et heureux, et que le sol généreux enrichissait facilement ceux qui voulaient se donner la peine de travailler.

La nature du sol, le climat n'ont pas changé depuis et la terre africaine ne manquera pas de rendre riches et prospères ceux qui lui consacreront leurs labeurs.

(A la fin de la séance le public se rend sur la tribune, où l'orateur montre les objets et les moulages de lampes et de vases antiques).

www.ingramcontent.com/pod-product-compliance
Lightning Source LLC
Chambersburg PA
CBHW061448170626

46811CB00005B/2413